TOLD AFTER SUPPER

BY

JEROME K. JEROME

AUTHOR OF 'THE IDLE THOUGHTS OF AN IDLE FELLOW'
'ON THE STAGE—AND OFF,'
ETC. ETC. ETC.

With 96 or 97 Illustrations by
KENNETH M. SKEAPING

LONDON
THE LEADENHALL PRESS, E.C.
Simpkin, Marshall, Hamilton, Kent, & Co., Ltd.
New York: Scribner & Welford, 743 and 745 Broadway
1891

COLEÇÃO
(MINI)TESOUROS

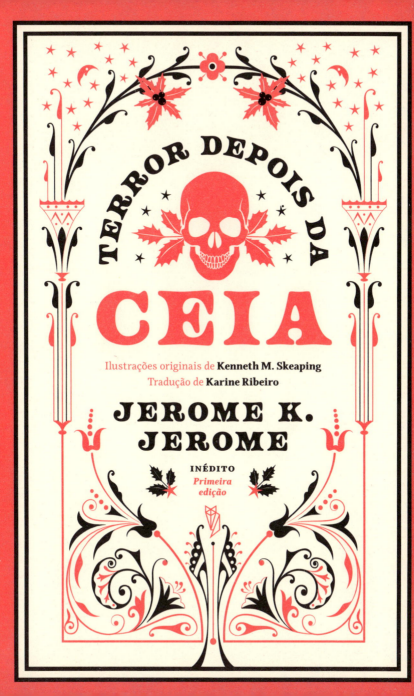

TRADUÇÃO
Karine Ribeiro

REVISÃO
Camilla Mayeda Araki
e Bárbara Parente

PREPARAÇÃO
Cláudia Mello Belhassof

ILUSTRAÇÕES (1891)
Kenneth M. Skeaping

CAPA E DIAGRAMAÇÃO
Marina Avila

TEXTOS DAS BIOGRAFIAS
Laura Brand

1ª edição | 2021 | Capa dura | Viena Gráfica

DADOS INTERNACIONAIS DE CATALOGAÇÃO NA PUBLICAÇÃO (CIP)
(Câmara Brasileira do Livro, SP, Brasil)
Catalogação na fonte: Bibliotecária responsável: Ana Lúcia Merege – CRB-7 4667

J 56
Jerome, Jerome K.
Terror depois da ceia / Jerome K. Jerome; ilustrações de Kenneth M. Skeaping; tradução de Karine Ribeiro. – São Caetano do Sul, SP: Wish, 2021.
144p. : il.
Tradução de : *Told after supper*
ISBN 978-65-88218-62-4 (Capa dura)
1. Ficção inglesa 2. Natal - Ficção 3. Contos de suspense
4. Contos de humor I. Skeaping, Kenneth M. II. Ribeiro, Karine
III. Título   CDD 823

ÍNDICE PARA CATÁLOGO SISTEMÁTICO:
1.Contos : ficção inglesa 823

EDITORA WISH
www.editorawish.com.br
São Caetano do Sul - SP - Brasil

© **Copyright 2021**. Este livro possui direitos de tradução e projeto gráfico reservados e não pode ser distribuído ou reproduzido, ao todo ou parcialmente, sem prévia autorização por escrito da editora.

18 18 18

91
91
91

SUMÁRIO

TERROR DEPOIS DA CEIA

11 NOSSA FESTA DE NATAL

35 AGORA AS HISTÓRIAS SÃO CONTADAS

49 A HISTÓRIA DE TEDDY BIFFLES

51 JOHNSON E EMILY

63 INTERLÚDIO I

67 O MOINHO ASSOMBRADO

79 INTERLÚDIO II

85 O FANTASMA DA CÂMARA AZUL

95 UMA EXPLICAÇÃO PESSOAL

101 MINHA PRÓPRIA HISTÓRIA

BIOGRAFIAS

129 JEROME K. JEROME

137 KENNETH M. SKEAPING

CEIA

NOSSA FESTA DE NATAL

INTRODUÇÃO

Era véspera de Natal.

Começo assim porque é a maneira adequada, ortodoxa e respeitável de começar, e fui criado de maneira adequada, ortodoxa e respeitável e ensinado a sempre fazer as coisas de maneira adequada, ortodoxa e respeitável; o hábito continua comigo.

É claro, como uma mera questão de informação, é desnecessário mencionar a data. O

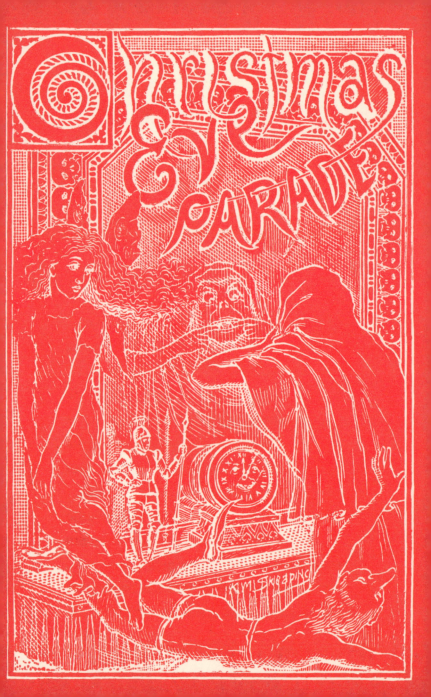

leitor experiente saberá que era véspera de Natal, mesmo que eu não lhe conte. Sempre é véspera de Natal nas histórias de fantasma.

A véspera de Natal é a noite de gala dos fantasmas. Na véspera de Natal, eles têm seu banquete anual. Na véspera de Natal, todos no Reino dos Fantasmas que *são* alguém — ou melhor, falando de fantasmas, suponho que se deveria dizer todo ninguém que *é* ninguém — saem para se mostrar, para ver e ser vistos, para passear e mostrar seus lençóis esvoaçantes e vestes fúnebres

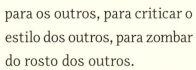

para os outros, para criticar o estilo dos outros, para zombar do rosto dos outros.

"O desfile da véspera de Natal", como espero que eles tenham nomeado, é um evento sem dúvida preparado e esperado com avidez no Reino dos Fantasmas, especialmente pelo grupo daqueles que são fanfarrões, como os barões assassinos, as condessas com as mãos sujas de sangue, os condes que vieram com o conquistador, assassinaram seus parentes e morreram em uma loucura delirante.

Gemidos surdos e sorrisos demoníacos são treinados com energia, tenha certeza.

Nossa festa de Natal **15**

Gritos de gelar o sangue e gestos de arrepiar a espinha são ensaiados com antecedência de semanas. Correntes enferrujadas e adagas sangrentas são conferidas e polidas para funcionar; lençóis e mortalhas, guardados com cuidado depois do evento do ano anterior, são tirados do armário e batidos, remendados e colocados para tomar ar.

Ah, a noite de vinte e quatro de dezembro é agitada no Reino dos Fantasmas!

Na noite de Natal, os fantasmas nunca se revelam, você deve ter percebido. A véspera de Natal, suspeitamos, é exaustiva demais para eles; não estão acostumados a toda essa agitação. Por mais ou menos uma semana depois

da véspera de Natal, sem dúvida os senhores fantasmas agem como se fossem conscientes e tomam decisões solenes de que vão parar na próxima véspera de Natal, enquanto as senhoras espectros são contraditórias e resmungonas, passíveis de irromper em lágrimas e sair da sala apressadamente sem nenhum motivo, caso alguém fale com elas.

Fantasmas sem posição social para manter — meros fantasmas de classe média — de vez em quando dão uma leve assombrada nas noites de folga, acredito: no Halloween e no *Midsummer*[1]; e alguns chegam a correr até um mero evento local — para celebrar, por exemplo, o aniversário do enforcamento do avô de alguém ou para profetizar um infortúnio.

Ele, o fantasma britânico padrão, adora profetizar um infortúnio. Peça-lhe para prognosticar os problemas de alguém e ele ficará feliz. Deixe-o forçar a entrada em um lar tranquilo e virar a casa de pernas para o ar ao prever um funeral, profetizar uma falência ou sinalizar uma desgraça a caminho, sobre a qual ninguém em pleno uso de suas faculdades mentais

---

[1] *Midsummer* é uma festa norte-europeia que ocorre durante o ápice do verão do Hemisfério Norte, em junho. [N.E.]

gostaria de saber mais cedo se puder evitar e cujo conhecimento antecipado não serve a nenhum propósito benéfico, e o fantasma sentirá que está unindo o útil ao agradável. Ele nunca se perdoaria se alguém de sua família tivesse problemas e ele não estivesse lá alguns meses antes, fazendo truques bobos no gramado ou se pendurando na grade da cama de alguém.

Além disso, há também os fantasmas muito jovens ou muito conscienciosos com um desejo perdido ou um número não descoberto pesando na mente, que assombram o ano todo sem parar; e também o

fantasma exigente, que é indignado por ter sido enterrado no lixão ou no lago do vilarejo e que nunca dá à paróquia uma noite calma sequer até que alguém pague um funeral de primeira classe para ele.

Mas são exceções. Como eu disse, o fantasma ortodoxo padrão faz sua aparição uma vez por ano, na véspera de Natal, e fica satisfeito.

Por que na véspera de Natal, de todas as noites do ano, é algo que nunca consegui entender. É sempre uma das noites mais sombrias para se estar ao ar livre — fria, lamacenta e úmida. E, além disso, na época do Natal, todo mundo tem muita coisa para

aguentar, com uma casa cheia de parentes vivos, e não quer os fantasmas dos parentes mortos vagando pelo lugar, tenho certeza.

Deve haver algo fantasmagórico no ar no Natal — algo sobre a atmosfera fechada e mormacenta que atrai os fantasmas, como a umidade das chuvas de verão traz sapos e caracóis.

E não só os próprios fantasmas andam por aí na véspera de Natal, mas as pessoas sempre se sentam e falam deles nessa data. Sempre que cinco ou seis falantes de inglês se reúnem ao redor de uma fogueira na véspera de Natal, eles começam a contar histórias de fantasmas. Nada nos satisfaz mais na véspera de Natal do que ouvir uns aos outros contando anedotas autênticas sobre espectros. É uma época genial e festiva, e amamos pensar em túmulos, cadáveres, assassinatos e sangue.

Há muita similaridade em nossas experiências fantasmagóricas; mas é claro que

Nossa festa de Natal **23**

isso não é culpa nossa, e sim dos fantasmas, que nunca tentam novas apresentações, sempre fazem as mesmas coisas que já conhecem. A consequência é que, quando você já foi a uma festa de véspera de Natal e ouviu seis pessoas falarem de suas aventuras com espíritos, não é necessário ouvir mais nenhuma história de fantasma. Ouvir mais uma depois disso seria como assistir a duas comédias farsescas ou pegar duas revistas em quadrinhos; a repetição se tornaria cansativa.

Há sempre o jovem que estava, em certo ano, passando o Natal em uma casa de interior e, na véspera de Natal, é colocado para dormir na ala oeste. E, no meio da noite, a porta do quarto se abre sem fazer barulho e alguém — em geral, uma senhora de camisola — entra devagar, se aproxima e se senta na cama. O jovem pensa que deve ser um dos visitantes ou parentes, embora não se lembre de tê-la visto antes — ela que, sem conseguir dormir e se sentindo solitária e sozinha, foi ao quarto dele para conversar. Ele não faz ideia de que é um fantasma: é muito ingênuo. No entanto, ela não fala; e quando ele torna a olhar, ela sumiu!

O jovem relata o acontecido na mesa do café na manhã seguinte e pergunta às senhoras presentes se uma delas foi a visitante. Mas todas garantem que não, e o anfitrião, pálido como um cadáver, implora que ele não toque mais no assunto, o que parece ao jovem um pedido bem estranho.

Depois do café da manhã, o anfitrião leva o jovem a um canto, explica que o que ele viu foi o fantasma de uma senhora assassinada naquela mesma cama ou que assassinou outra pessoa lá — não importa

qual das duas opções: você pode se tornar um fantasma ao assassinar alguém ou ser assassinado, o que preferir. O fantasma assassino talvez seja mais popular; mas, por outro lado, você pode assustar mais as pes-

soas se for o assassinado, porque assim pode mostrar os ferimentos e gemer.

E há o convidado incrédulo — é sempre "o convidado" que passa por esse tipo de situação, a propósito. Um fantasma nunca tem muita consideração pela própria família:

é "o convidado" que ele gosta de assombrar, aquele que ri da história de fantasma do anfitrião depois de ouvi-la na véspera de Natal e diz que não acredita na existência de fantasmas; e que dormirá no aposento assombrado naquela mesma noite, se lhe permitirem.

Todos lhe avisam a não ser tão imprudente, mas ele insiste naquela tolice e sobe para o Aposento Amarelo (ou qualquer que seja a cor do cômodo assombrado) com o coração leve e uma vela, desejando boa-noite a todos e fechando a porta.

Na manhã seguinte, seus cabelos estão brancos como a neve.

Ele não conta a ninguém o que viu: é horrível demais.

Há também o convidado corajoso, que vê o fantasma e sabe que é um fantasma, o observa enquanto entra no quarto, desaparece através do lambri e parece não voltar, e, sabendo que não há nada a ganhar ficando acordado, vai dormir.

Ele não menciona a ninguém que viu o fantasma, pois teme assustar alguém — algumas pessoas ficam tão nervosas com fantasmas —, mas decide esperar pela próxima noite e ver se a aparição volta.

O fantasma aparece de novo e, desta vez, o corajoso sai da cama, se veste, penteia os cabelos e o segue; e descobre uma passagem secreta que leva do quarto até a adega de cerveja — uma passagem que, sem dúvida, não foi pouco usada nos tempos de outrora.

Atrás dele vai o jovem que acordou

com uma sensação estranha no meio da noite e encontrou o tio rico e solteirão de pé ao lado da cama. O tio rico deu um sorriso esquisito e desapareceu. O jovem se levantou na mesma hora e olhou para o relógio de pulso, que tinha parado às quatro e meia, pois ele se esquecera de dar corda. Ele fez perguntas no dia seguinte e descobriu que, por mais estranho que pareça, o tio rico, que o tem como único sobrinho, se casou às quinze para meia-noite, apenas dois dias antes, com uma viúva que tem onze crianças.

O jovem não tenta explicar a ocorrência extraordinária. Tudo o que faz é assegurar a verdade de sua narrativa.

E, para mencionar mais um caso, há um jovem que está voltando para casa tarde da noite de um jantar da maçonaria e que, percebendo uma luz escapando das ruínas de uma abadia, se aproxima e olha pelo buraco da fechadura. Ele vê o fantasma de uma freira beijando o fantasma de um monge, fica tão inexpressivamente chocado e aterrorizado que desmaia na hora e é descoberto ali na manhã seguinte, amontoado contra a porta, ainda sem palavras e com a confiável chave presa com firmeza entre os dedos.

Todas essas coisas aconteceram na véspera do Natal, todas foram contadas na véspera do Natal. Pois contar histórias de fantasmas em qualquer outra noite que não seja a do dia vinte e quatro de

dezembro seria impossível na sociedade inglesa em sua configuração atual. Portanto, ao introduzir as tristes, mas autênticas histórias de fantasmas a seguir, sinto ser desnecessário informar ao estudante da literatura anglo-saxã que a data na qual foram contadas e na qual os incidentes aconteceram foi esta: a véspera de Natal.

Mesmo assim, eu informo.

AGORA AS HISTÓRIAS SÃO CONTADAS

Era véspera de Natal! Véspera de Natal na casa do meu tio John; véspera de Natal (há "véspera de Natal" demais neste livro. Eu mesmo reconheço. Está começando a ficar monótono, até para mim. Mas agora não sei como evitar.) no número 47 da Laburnham Grove, em Tooting! Véspera de Natal na sala da frente pouco iluminada (havia uma greve de gás acontecendo), onde a luz oscilante da lareira lançava sombras estranhas no papel de parede muito colorido, enquanto lá fora, na rua selvagem, a tempestade rugia sem

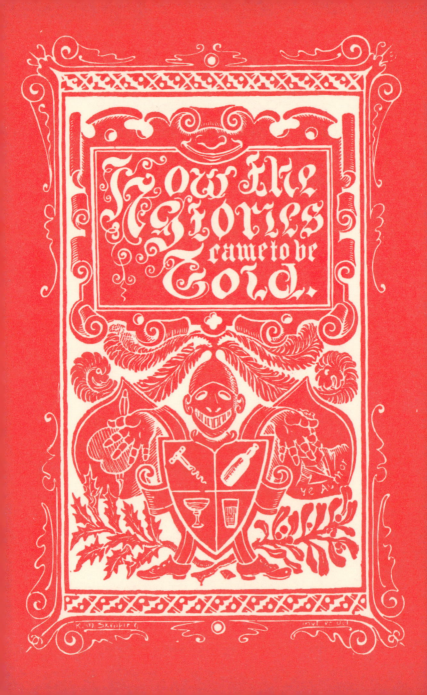

Agora as histórias são contadas

piedade, e o vento, como um espírito inquieto, soprava, gemendo pelo quarteirão, e passava, lamentando com um choro perturbado, pela loja.

Tínhamos jantado e estávamos sentados, conversando e fumando.

Tínhamos comido uma ceia muito boa — uma ceia de fato muito, muito boa. Coisas desagradáveis têm acontecido desde então em nossa família, ligadas a essa festa. Rumores têm sido espalhados sobre a nossa família, a respeito da questão em geral, mas mais especificamente em relação à minha parte nela, e foram feitas observações que não me surpreenderam muito, porque sei o que nossa família é, mas que me trouxeram muita dor. Quanto a minha tia Maria, não ligo para quando a verei outra vez. Eu achava que ela me conhecia melhor.

Mas, embora a injustiça — uma injustiça vulgar, como vou explicar mais tarde

— tenha sido cometida contra mim, isso não deve me impedir de fazer justiça para outrem; mesmo aqueles que fizeram insinuações insensíveis. Farei justiça aos pastéis quentes de vitela da tia Maria, além das lagostas tostadas, seguidas por seus cheesecakes especiais, quentes (na minha opinião, cheesecakes frios não fazem sentido; perdem metade do sabor) e digeridos com a velha cerveja do tio John, que era a mais deliciosa. Fiz justiça a eles na época; a própria tia Maria não pôde deixar de admitir.

Depois da ceia, meu tio fez um pouco de ponche de uísque. Também fiz justiça a isso; o próprio tio John confirmou. Disse que estava feliz de perceber que eu tinha gostado.

Minha tia foi para a cama logo depois da ceia, deixando o vigário local, o velho dr. Scrubbles, o sr. Samuel Coombes, nosso membro do Conselho do Condado, Teddy Biffles e eu para fazer companhia ao meu tio.

Concordamos que ainda era cedo demais para desistir, então meu tio fez mais uma tigela de ponche; e acho que todos nós fizemos justiça à bebida — pelo menos sei que eu fiz. É uma paixão minha, o desejo de fazer justiça.

Ficamos sentados por um longo tempo, e o doutor fez um pouco de ponche de gim mais tarde, para variar, embora eu mesmo não tenha conseguido sentir muita diferença. Mas tudo estava bom, e estávamos muito felizes — todos foram tão gentis.

Tio John nos contou uma história muito engraçada durante a noite. Ah, *era* uma história engraçada! Agora me esqueci do que se tratava, mas sei que me divertiu muito na hora; acho que nunca ri tanto na vida. É estranho que eu não consiga me lembrar daquela história, porque ele nos contou quatro vezes. E é culpa totalmente nossa que meu tio não a tenha nos contado uma quinta vez. Depois disso, o doutor cantou uma canção muito inteligente, durante a qual imitou todos os diferentes animais de uma fazenda. Ele os misturou um pouco. Zurrou para imitar o pequeno galo e grasnou para o porco; mas sabíamos o que ele queria dizer.

Comecei a contar uma anedota muito interessante, mas fiquei um tanto surpreso ao observar, enquanto falava, que ninguém estava prestando a menor atenção a mim. Pensei que era muito rude da parte deles, até que percebi que estava falando em pensamento o tempo todo, e não em voz alta, então é óbvio que eles não sabiam que eu estava contando uma história e provavelmente estavam confusos, tentando entender o significado das minhas expressões animadas e gestos eloquentes. Foi um engano curioso de cometer. Nunca vi uma coisa assim acontecer comigo.

Depois, o vigário fez truques com cartas. Perguntou se já tínhamos visto um jogo chamado "Truque de Três Cartas". Disse que era um artifício com o qual homens baixos e inescrupulosos, frequentadores de corridas de cavalos e esses tipos de antros, enganavam jovens tolos para pegar o dinheiro deles. Disse que era um truque muito simples: tudo dependia da velocidade da mão. Era a velocidade da mão que enganava os olhos.

Ele disse que nos mostraria a trapaça para que ficássemos avisados e não caíssemos nela; pegou o baralho do meu tio no carrinho de chá e, selecionando três cartas, duas lisas e uma com ilustração, sentou-se no tapete da lareira e nos explicou o que faria.

— Agora vou pegar estas três cartas e deixar que vocês as vejam. Depois vou colocá-las com cuidado sobre o tapete, com o

Agora as histórias são contadas **43**

verso virado para cima, e pedir que peguem a carta ilustrada. E vocês pensarão que sabem qual é.

E fez isso.

O velho sr. Coombes, que também é um dos vigias da igreja, disse que era a carta do meio.

— Você acha que viu — disse o vigário, sorrindo.

— Não *acho* nada — replicou o sr. Coombes. — Digo que é a carta do meio. Aposto cinquenta centavos que é a carta do meio.

— Pronto, era isso que eu estava explicando — disse o vigário, virando-se para o restante do grupo. — É assim que esses jovens tolos dos quais falei são levados a perder dinheiro. Eles têm certeza de que sabem qual é a carta e acham que a viram. Não compreendem a ideia de que é a rapidez da mão que engana os olhos.

Ele disse que ouvira falar de jovens indo a uma corrida de barcos ou a uma partida de críquete com libras no bolso e voltando para casa, no início da tarde, falidos, tendo perdido todo o dinheiro nesse jogo desmoralizador.

Disse que pegaria a meia-coroa do sr. Coombes porque isso lhe ensinaria uma lição muito útil e provavelmente seria a forma de salvar o dinheiro dele no futuro, e que ele deveria doar dois xelins e seis pence para o fundo do agasalho.

— Não se preocupe com isso — retrucou o velho sr. Coombes. — É só você não *tirar* a meia-coroa do fundo do agasalho, só isso.

E colocou o dinheiro em cima da carta do meio, virando-a para cima.

E era mesmo a rainha!

Ficamos todos muito surpresos, em especial o vigário.

No entanto, ele disse que às vezes acontecia aquilo — que às vezes um homem conseguia escolher a carta certa por acaso.

Mas o vigário disse que era a coisa mais desafortunada que podia acontecer com um homem, se ao menos o sr. Coombes soubesse... Porque, quando um homem tentava e ganhava, isso lhe dava um gostinho da suposta diversão e o levava a se arriscar outras vezes, até que tivesse de sair da competição como um homem falido e arruinado.

Depois, ele tornou a fazer o truque. O sr. Coombes disse que era a carta ao lado do balde de carvão e que queria apostar cinco xelins.

Rimos e tentamos persuadi-lo a desistir. No entanto, ele não deu ouvidos a nenhum conselho e insistiu em jogar.

O vigário disse que muito bem, então: tinha avisado ao outro, e isso era tudo o que podia fazer. Se ele (o sr. Coombes) estava determinado a se fazer de bobo, ele (o sr. Coombes) deveria fazer isso.

O vigário disse que pegaria os cinco xelins e isso acertaria outra vez o fundo do agasalho.

Assim, o sr. Coombes colocou duas meias-coroas na carta perto do balde de carvão e virou-a para cima.

E lá estava a rainha de novo!

Depois disso, o tio John apostou um florim — dois xelins — e *ganhou*.

Em seguida, todos jogamos e ganhamos. Isto é, todos, exceto o vigário. Aqueles quinze minutos foram terríveis para ele. Nunca conheci um homem com tanta má sorte nas cartas. Ele perdeu todas as vezes.

Depois disso, bebemos mais ponche; e meu tio cometeu um erro muito engraçado ao prepará-lo: esqueceu o uísque. Ah, como rimos dele! E o fizemos colocar o dobro da quantidade, como multa.

Ah, nos divertimos tanto naquela noite!

E, de uma forma ou de outra, começamos a falar de fantasmas; porque a próxima lembrança que eu tenho é que estávamos contando histórias de fantasmas.

A HISTÓRIA DE TEDDY BIFFLES

Teddy Biffles contou a primeira história. Vou deixá-lo repeti-la aqui com suas próprias palavras.

(Não me pergunte como é que me lembro das palavras exatas — se anotei na hora ou se ele tinha a história escrita e me deu o manuscrito depois para publicar neste livro, pois não devo contar. É um segredo comercial.)

A história de Biffles é chamada de...

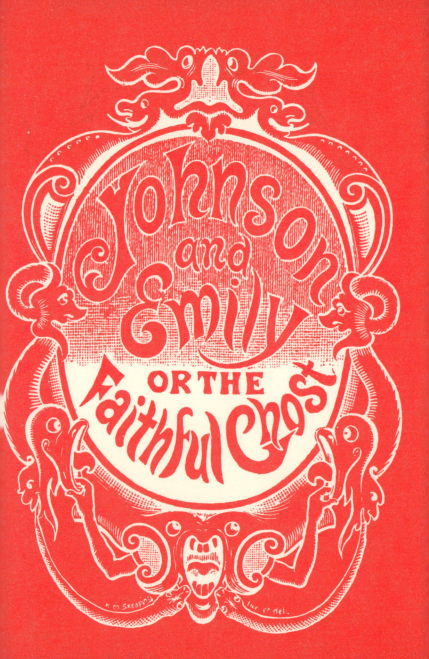

JOHNSON E EMILY

OU O FANTASMA FIEL

(a história de Teddy Biffles)

Eu era jovem, não passava de um rapaz, quando encontrei Johnson pela primeira vez. Tinha voltado para casa por conta das festas de fim de ano e, sendo véspera de Natal, tinham me permitido ficar acordado até tarde. Ao abrir a porta do meu quartinho para entrar, me vi cara a cara com Johnson, que estava saindo. Passou por mim e, emitindo um longo e baixo gemido de tristeza, desapareceu pela janela da escadaria.

Levei um susto momentâneo — eu era apenas um estudante na época e nunca tinha visto um fantasma — e fiquei nervoso com a ideia de ir para a cama. Mas, pensando um pouco, me lembrei que os espíritos só podiam causar dano aos pecadores, então me deitei e fui dormir.

De manhã, contei ao meu pai o que tinha visto.

— Ah, sim, era o velho Johnson — respondeu. — Não fique com medo, ele mora aqui. — E me contou a história da pobre criatura.

Parece que Johnson, quando vivo e jovem, havia se apaixonado pela filha de um ex-arrendatário da nossa casa, uma garota muito bonita, cujo nome de batismo era Emily. Meu pai não sabia o sobrenome dela.

Johnson era pobre demais para se casar com a garota, então deu-lhe um beijo de despedida, disse que voltaria em breve e foi para a Austrália fazer fortuna.

Mas, na época, a Austrália não era o que se tornou depois. Viajantes que atravessavam

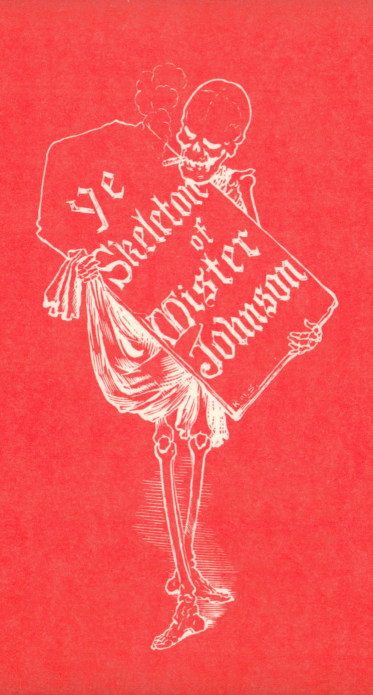

a selva eram poucos e esparsos naqueles primeiros dias; e, mesmo quando um falecia, as propriedades encontradas no corpo quase nunca tinham valor negociável suficiente para pagar as despesas simples do necessário funeral. Por isso, Johnson levou quase vinte anos para fazer sua fortuna.

O objetivo autoimposto foi alcançado, por fim, e, tendo enganado a polícia com sucesso e saído livre da Colônia, ele retornou à Inglaterra, cheio de esperança e alegria, para conquistar sua noiva.

Johnson e Emily

Johnson encontrou a casa silenciosa e deserta. Tudo o que os vizinhos puderam dizer foi que, pouco depois da partida dele, a família desapareceu sem alarde em uma noite enevoada e ninguém viu nem ouviu nada relacionado a eles desde então, embora o senhorio e a maioria dos comerciantes locais tivessem feito buscas.

O pobre Johnson, delirante de luto, procurou seu amor perdido por todo o mundo. Mas nunca a encontrou e, depois de anos de esforço infrutífero, retornou

para terminar sua vida solitária na mesma casa onde, nos bons tempos de outrora, ele e sua amada Emily passaram tantas horas felizes.

Morou ali sozinho, perambulando pelos cômodos vazios, chorando e pedindo que Emily voltasse; e, quando o pobre e velho homem morreu, seu fantasma manteve a mesma rotina.

Estava lá, disse meu pai, quando ele se mudou para a casa, e o corretor baixou o aluguel em dez libras ao ano por causa do fantasma.

Depois disso, continuei a encontrar Johnson na casa em todas as horas da noite; na verdade, todos o encontrávamos.

A princípio, costumávamos contorná-lo e dar um passo para o lado para deixá-lo passar; mas depois nos acostumamos e não parecia haver necessidade de tanta cerimônia, portanto, passávamos direto por ele. Não era como se ele atrapalhasse muito o caminho.

Era um fantasma velho, inofensivo e gentil, e todos sentíamos muito por ele. Por um tempo, as mulheres fizeram dele uma espécie de animal de estimação, de tanto que a fidelidade dele as tocara.

Mas, conforme o tempo passava, ele se tornou um aborrecimento. Dava para ver que era cheio de tristeza. Não havia nada alegre ou genial nele.

Sentíamos pena, mas ele nos irritava. Sentava-se na escada e chorava por horas; e, quando acordávamos no meio da noite, era certo que o ouviríamos vagando pelos corredores e entrando e saindo de diferentes cômodos, gemendo e suspirando, de forma que não conseguíamos voltar a adormecer com facilidade. E, quando dávamos uma festa, ele se sentava perto da porta da sala de estar, chorando o tempo todo. Não fazia mal a ninguém, mas lançava uma tristeza sobre tudo.

— Ah, estou me cansando desse velho tolo — disse meu pai uma noite (ele pode ser muito direto quando está chateado, como vocês sabem), depois que Johnson fora um

Johnson e Emily

incômodo, como sempre, e estragara um bom jogo de uíste ao se sentar na chaminé e grunhir até que ninguém soubesse o que eram trunfos ou até que naipe fora jogado.

— Temos que nos livrar dele de um jeito ou de outro. Gostaria de saber como fazer isso.

— Bem — disse minha mãe —, se depender dele, você nunca se livrará até que ele encontre o túmulo de Emily. É isso que ele procura. Encontre o túmulo de Emily e o leve até lá, e ele ficará por lá. É a única coisa a ser feita. Grave minhas palavras.

A ideia pareceu razoável, mas o problema era que nenhum de nós sabia onde o túmulo de Emily estava. O governador sugeriu que levássemos o pobre fantasma até o túmulo de outra Emily, mas, como estávamos com pouca sorte, não parecia haver nenhuma outra moça com esse nome enterrada em lugar algum nas proximidades. Eu nunca tinha visto uma vizinhança tão destituída de Emilys mortas.

Pensei um pouco e dei minha sugestão:

— Não podemos inventar algo para o velho? — perguntei. — Ele parece uma pessoa simples. Talvez se convença. Enfim, não temos nada a perder.

— Por Jesus, vamos fazer isso! — exclamou meu pai.

Na manhã seguinte, trouxemos os trabalhadores e construímos um pequeno túmulo no pomar com uma lápide por cima, com a seguinte inscrição:

> **Sagrado**
> **EM MEMÓRIA DE**
> **Emily**
> **SUAS ÚLTIMAS PALAVRAS FORAM:**
> **"DIGA A JOHNSON QUE EU O AMO".**

— Isso deve convencê-lo — imaginou meu pai enquanto observava o trabalho pronto. — Espero que sim.

E funcionou!

Nós o atraímos lá para baixo naquela mesma noite; e — bem, foi uma das coisas mais patéticas que já vi, a forma como Johnson se esparramou sobre a lápide e chorou. Meu pai e o velho Squibbins, o jardineiro, choraram como crianças ao verem aquilo.

Desde então, Johnson nunca mais nos perturbou na casa. Passa todos os dias chorando sobre o túmulo e parece bem feliz.

— Ainda lá?

Ah, sim. Vou levar vocês lá para baixo e mostrar, na próxima vez que forem a minha casa: das dez da noite às quatro da manhã nos dias de semana, das dez às duas aos sábados.

INTERLÚDIO I
A HISTÓRIA DO DOUTOR

A história que o jovem Biffles contou com tanta emoção me fez chorar muito. Todos ficamos um pouco pensativos depois dela, e percebi que até mesmo o doutor secou disfarçadamente uma lágrima. Porém, o tio John

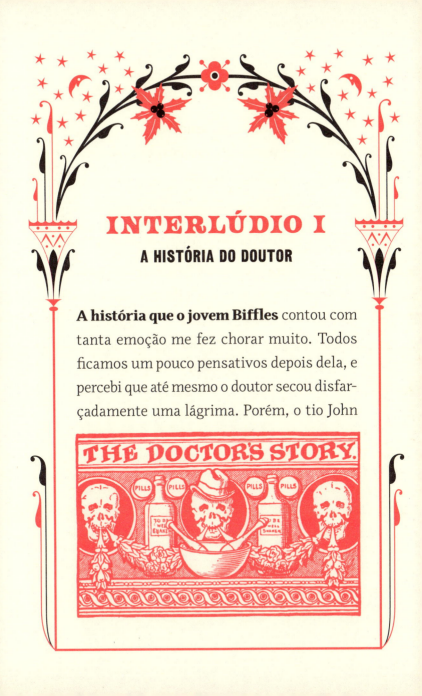

INTERLUDE

K.M. Skeaping

fez outra tigela de ponche, e aos poucos fomos nos resignando.

Na verdade, o doutor, depois de um tempo, ficou quase alegre e nos contou sobre o fantasma de um de seus pacientes.

Não posso lhe contar a história dele. Gostaria de poder. Todos disseram depois que foi a melhor de todas — a mais medonha e terrível —, mas eu mesmo não consegui entender. Pareceu tão incompleta.

Ele começou bem e de repente algo pareceu acontecer, e depois ele a estava terminando. Não consigo desvendar o que ele fez com o meio da história.

No entanto, sei que terminou com alguém encontrando algo; e isso fez o sr.

Coombes se lembrar de um caso muito curioso que aconteceu em um antigo moinho, que era mantido por seu cunhado.

O sr. Coombes disse que nos contaria a história e, antes que alguém pudesse impedi-lo, começou.

Ele disse que a história era chamada de...

O MOINHO ASSOMBRADO

OU O LAR ARRUINADO

(a história do sr. Coombes)

Bem, todos vocês conhecem meu cunhado, o sr. Parkins (começou o sr. Coombes, tirando o longo cachimbo de argila da boca e o colocando atrás da orelha: não conhecíamos o cunhado, mas dissemos que sim, para poupar tempo), e claro que sabem que uma vez ele arrendou um antigo moinho em Surrey e foi morar lá.

Agora, vocês devem saber que, anos atrás, esse moinho tinha sido ocupado por um velho perverso e avarento, que morreu lá, deixando — assim diziam os rumores — todo o dinheiro escondido em algum lugar. Naturalmente, todos que moraram no moinho tentaram encontrar o tesouro; mas nenhum conseguiu, e os sabichões disseram que ninguém encontraria, a não ser que o fantasma do moleiro sovina algum dia passasse a gostar de um dos inquilinos e lhe revelasse o segredo do esconderijo.

Meu cunhado não deu muita importância à história, considerando-a o conto de uma velha e, ao contrário de seus predecessores, não fez nenhuma tentativa de encontrar o ouro escondido.

— A não ser que os negócios fossem muito diferentes na época do que são agora — disse meu cunhado —, não vejo como um moleiro pode ter guardado algum dinheiro, por mais sovina que fosse; com certeza não o suficiente para valer o esforço da procura.

Ainda assim, ele não conseguia se livrar por completo da ideia do tesouro.

Uma noite, ele foi para a cama. Não havia nada de extraordinário nisso, admito. Ele geralmente ia para a cama à noite. O que *foi* extraordinário, no entanto, foi que no instante em que o relógio da igreja da vila deu a última badalada à meia-noite, meu cunhado acordou assustado e não conseguiu voltar a dormir.

Joe (seu nome de batismo era Joe) se sentou na cama e olhou ao redor.

Aos pés da cama, algo estava de pé, muito parado, envolvido nas sombras.

A coisa se moveu para a luz da lua, e meu

cunhado viu que era a figura de um velhinho enrugado, de calções e rabo de cavalo.

Na mesma hora, ele se lembrou da história do tesouro escondido e do velho avarento.

Ele veio me mostrar onde está escondido, pensou meu cunhado; e resolveu que não gastaria todo o dinheiro consigo mesmo, mas dedicaria um pequeno percentual para fazer o bem a outras pessoas.

A aparição se moveu em direção à porta: meu cunhado vestiu a calça e a seguiu. O fantasma desceu a escada até a cozinha e parou diante da lareira, onde suspirou e desapareceu.

Na manhã seguinte, Joe chamou alguns trabalhadores e os fez retirar o fogão e descer a chaminé enquanto ele segurava um saco de batatas para pôr o ouro.

Eles derrubaram metade da parede e não encontraram nem um centavo. Meu cunhado não sabia o que pensar.

Na noite seguinte, o velho reapareceu e mais uma vez o levou até a cozinha. Desta vez, no entanto, em vez de ir até à lareira, ficou mais no meio do cômodo e suspirou ali.

— Ah, agora entendo o que significa — disse meu cunhado para si mesmo —, está sob o piso. Por que o velho idiota ficou perto do fogão, para me fazer pensar que estava lá em cima na chaminé?

Eles passaram o dia seguinte removendo o piso da cozinha; mas a única coisa que encontraram foi um garfo de três pontas com o cabo quebrado.

Na terceira noite, o fantasma reapareceu, bem descarado, e pela terceira vez foi até a cozinha. Chegando lá, olhou para o teto e desapareceu.

— *Hunf!* Parece que ele não aprendeu muita noção por onde esteve — murmurou

Joe, trotando de volta para a cama. — Eu devia ter pensado nisso desde o início.

Ainda assim, parecia não haver dúvida agora de onde o tesouro estava, e logo após o café da manhã eles começaram a derrubar o teto. Arrancaram cada centímetro do teto e tiraram as tábuas do cômodo acima.

Encontraram tanto tesouro quanto você esperaria encontrar em uma panela vazia.

Na quarta noite, quando o fantasma apareceu como sempre, meu cunhado estava tão irado que jogou as botas nele; e as botas passaram direto pelo corpo, quebrando um espelho.

Na quinta noite, quando Joe acordou, como sempre acontecia à meia-noite, o fantasma estava com uma postura abatida, parecendo muito infeliz. Havia um olhar suplicante em seus olhos grandes e tristes, e isso tocou bastante meu cunhado.

Afinal de contas, pensou ele, *talvez o bobinho esteja fazendo o melhor que pode. Talvez ele tenha esquecido onde escondeu o tesouro e esteja tentando se lembrar. Darei a ele mais uma chance.*

O fantasma pareceu estar grato e maravilhado ao ver Joe se preparando para segui-lo e o conduziu até o sótão, apontando para o teto antes de desaparecer.

— Bem, espero que ele tenha acertado desta vez — disse meu cunhado; e no dia seguinte eles começaram a retirar o teto.

Levaram três dias para terminar, e tudo o que encontraram foi um ninho de passarinho. Depois de colocá-lo em um lugar seguro, eles cobriram a casa com lona, para mantê-la seca.

Você pode pensar que isso deve ter curado o pobre rapaz da ideia de procurar pelo tesouro. Mas não.

Ele disse que deveria haver algo na

coisa toda, ou o fantasma não teria vindo tantas vezes; e que, já tendo feito tanto, ele iria até o fim e descobriria o mistério, custasse o que custasse.

Noite após noite, ele saía da cama e seguia a velha fraude espectral pela casa. Toda noite o fantasma indicava um local diferente; e, no dia seguinte, meu cunhado quebrava o moinho no local indicado e procurava pelo tesouro. No fim de três semanas, não havia um cômodo sequer para habitar no moinho. Todas as paredes foram derrubadas, todos os pisos foram arrancados, todos os tetos tinham um buraco. E, tão de repente quanto tinham começado, as visitas do fantasma pararam; e meu cunhado foi deixado em paz para reconstruir o lugar no seu ritmo.

"O que induziu a velha aparição a pregar uma peça tão boba em um homem de família, um contribuinte?" Ah, isso não posso lhes contar.

Alguns dizem que o fantasma do velho perverso fez isso para punir meu cunhado por não acreditar nele a princípio; outros afirmam que a aparição devia ser de um encanador ou vidraceiro falecido, que naturalmente teria interesse em ver uma casa ser derrubada e estragada. Mas ninguém sabia de nada com certeza.

INTERLÚDIO II

Tomamos mais ponche, e depois o vigário nos contou uma história.

Não consegui entender nada da história do vigário, então não posso recontá-la. Nenhum de nós viu pé nem cabeça naquela história. Foi boa o suficiente, considerando o tema. Parecia haver uma quantidade enorme de enredo e incidentes suficientes para fazer uma dezena de romances. Nunca ouvi

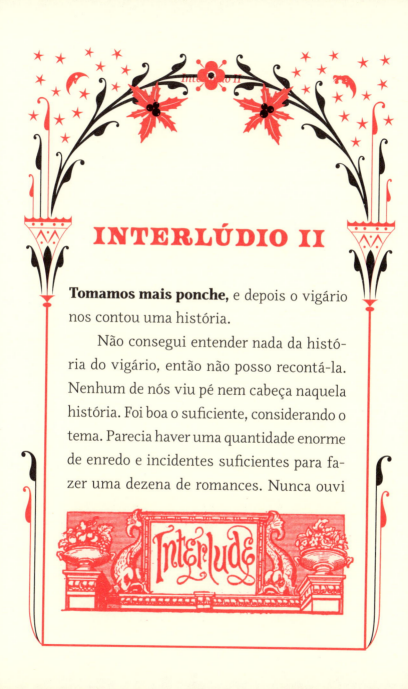

uma história contendo tantos incidentes, nem uma que tivesse tantos personagens variados.

Eu diria que todo ser humano que nosso vigário conheceu, encontrou ou ouviu falar estava na história. Havia simplesmente centenas deles. A cada cinco segundos, ele introduzia uma nova coleção de personagens, junto com o novo conjunto de incidentes.

Este era o tipo de história:

— Bem, então meu tio foi até o jardim e pegou sua arma, mas, é claro, não estava lá, e Scroggins disse que não acreditava.

— Não acreditava em quê? Quem é Scroggins?

— Scroggins! Ah, ele era o outro homem, sabe? Era a mulher dele.

— *O que* era a mulher dele? O que *ela* tem a ver?

Interlúdio II

— Bem, era isso que eu estava contando. Foi ela quem encontrou o chapéu. Ela tinha ido com a prima a Londres; a prima era minha cunhada, e a outra sobrinha tinha se casado com um homem chamado Evans, e Evans, depois que tudo acabou, havia levado a caixa de volta ao sr. Jacobs, porque o pai do sr. Jacobs tinha visto o homem quando estava vivo e, quando estava morto, Joseph...

— Escute aqui, esqueça Evans e a caixa; o que aconteceu com seu tio e a arma?

— A arma! Que arma?

— A arma que seu tio costumava guardar no jardim e que não estava lá. O que ele fez com ela? Matou alguma dessas pessoas? Esses Jacobs e

Evans e Scroggins e Josephs? Porque, se sim, foi algo bom e útil, vamos gostar de ouvir.

— Não... ah, não... como poderia? Ele tinha sido concretado vivo na parede, sabe, e quando Eduardo IV falou com o abade sobre isso, minha irmã disse que, em seu estado de saúde, ela não poderia nem iria, para não colocar em risco a vida da criança. Então eles a batizaram de Horatio em homenagem ao filho dela mesma, que tinha sido morto em Waterloo antes de nascer, e o próprio lorde Napier disse...

— Olhe aqui, você sabe do que está falando? — perguntamos a essa altura.

Ele respondeu que não, mas sabia que cada palavra

Interlúdio II

era verdade, porque a tia dele tinha visto com os próprios olhos. Foi então que o cobrimos com a toalha de mesa, e ele foi dormir.

E então meu tio nos contou uma história.

Disse que era uma história real.

THE GHOST of the BLUE CHAMBER

My Uncle's Story

O FANTASMA DA CÂMARA AZUL

(A HISTÓRIA DO MEU TIO)

— **Não quero deixar vocês nervosos** — começou meu tio em um tom de voz peculiarmente impressionante, para não dizer de arrepiar — e, se vocês quiserem que eu não conte, não contarei; mas, na verdade, esta casa onde estamos é assombrada.

— Não diga isso! — exclamou o sr. Coombes.

— Qual a utilidade de você pedir para eu não dizer quando acabei de dizer? — retrucou meu tio, um tanto petulante. — Você fala muita tolice. Estou dizendo que a casa

é assombrada. Regularmente, na véspera de Natal, a Câmara Azul (eles chamam o cômodo ao lado do berçário de "câmara azul", na casa do meu tio, e a maioria dos banheiros é dessa cor) é assombrada pelo fantasma de um pecador. Um homem que matou um cantor de canções natalinas com um pedaço de carvão.

— Como ele fez isso? — perguntou o sr. Coombes, ansioso. — Foi difícil?

— Não sei como ele fez — respondeu meu tio —, ele não explicou o processo. O cantor tinha se posicionado do lado de dentro do portão da frente e estava cantando uma balada. Presume-se que, quando abriu a boca para um si bemol, o pedaço de carvão foi jogado pelo pecador de uma das janelas, caiu na garganta do cantor e o sufocou.

— Você quer que seja um bom arremesso, mas com certeza vale a tentativa — murmurou o sr. Coombes, pensativo.

— Mas, vejam bem, esse não foi o único crime dele! — adicionou meu tio.

— Antes, ele tinha matado um corneteiro solitário.

— Não! Isso é um fato? — exclamou o sr. Coombes.

— É claro que é um fato — respondeu meu tio —; de qualquer maneira, o máximo de fato que você pode esperar em um caso assim.

"Você está muito implicante hoje à noite. A evidência circunstancial era esmagadora. O pobre rapaz, o corneteiro, estava na vizinhança mal fazia um mês. O velho sr. Bishop, que na época mantinha o 'Jolly Sand Boys' e de quem ouvi a história, disse que nunca conheceu um corneteiro solitário mais trabalhador e energético. Ele, o corneteiro, só conhecia duas canções, mas o sr. Bishop disse que o homem não poderia ter tocado com mais vigor ou por mais horas ao dia, se conhecesse quarenta. As duas canções que ele tocava eram 'Annie Laurie' e 'Home, Sweet Home'; e, em relação à sua interpretação da primeira melodia, o sr. Bishop disse que uma mera criança poderia dizer para que servia.

"Esse músico, esse pobre artista sem amigos, costumava tocar sempre nessa rua por duas horas toda noite. Uma noite ele foi visto, evidentemente em resposta a um convite, entrando nesta casa, *mas nunca foi visto saindo!*"

— O povo da cidade tentou oferecer alguma recompensa pelo rapaz? — quis saber o sr. Coombes.

— Nem um centavo. Em outro verão — continuou meu tio —, uma banda alemã veio visitar, pretendendo ficar até o outono, como anunciaram ao chegar.

"No segundo dia após a chegada, a companhia inteira, um grupo de homens bons e saudáveis, foi convidada pelo pecador para jantar e, depois de passar as vinte e quatro horas seguintes de cama, deixou a cidade como um grupo quebrado e dispéptico; o médico da paróquia, que os atendeu, disse que, em sua opinião, nenhum deles poderia voltar a tocar."

— Você... você não sabe a receita, sabe? — perguntou o sr. Coombes.

— Infelizmente, não — respondeu meu tio. — Mas disseram que o prato principal foi torta de carne de porco de restaurante de ferrovia. — E continuou: — Esqueci os outros crimes do homem. Um tempo atrás, eu sabia todos, mas minha memória já não é mais como antes. No entanto, não acredito estar cometendo uma injustiça à memória dele ao acreditar que ele não estava totalmente desconectado da morte e subsequente enterro de um cavalheiro que costumava tocar

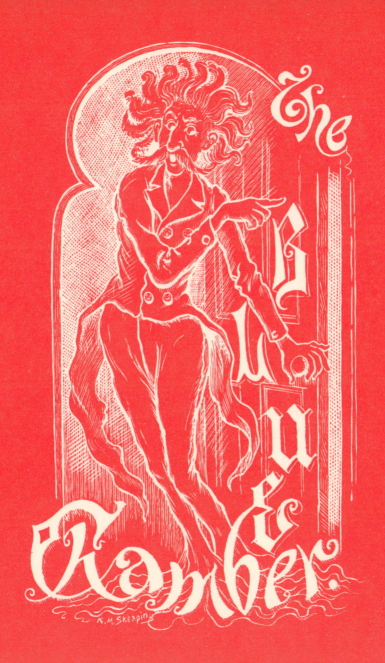

harpa com os dedos do pé; e que também não era totalmente não responsável pelo túmulo solitário de um desconhecido que passara pela vizinhança: um camponês italiano que era organista.

"Toda véspera de Natal", disse meu tio, cortando com tons baixos e impressionantes o estranho silêncio reverente que, como uma sombra, parecia ter se infiltrado aos poucos e se acomodado na sala, "o fantasma desse pecador assombra a Câmara Azul nesta casa. Lá, da meia-noite até o cantar do galo, entre gritos insanos e abafados e gemidos e um riso de escárnio e o som fantasmagórico de golpes horríveis, ele luta ferozmente contra os espíritos do corneteiro e do cantor assassinado, ajudado em certos momentos pelas sombras da banda alemã, enquanto o fantasma do harpista estrangulado toca melodias fantasmagóricas e loucas com dedos fantasmas em uma harpa fantasma quebrada".

Meu tio disse que a Câmara Azul era inútil como quarto na véspera de Natal.

— Ouçam! — disse meu tio, erguendo a mão em direção ao teto, enquanto prendíamos a respiração e ouvíamos. — Ouçam! Acredito que estejam lá agora... na *Câmara Azul!*

Levantei-me e disse que ia dormir na Câmara Azul.

Antes de contar minha própria história, no entanto — a história do que aconteceu na Câmara Azul —, gostaria de prefaciá-la com...

UMA EXPLICAÇÃO PESSOAL

Sinto uma boa dose de hesitação sobre contar essa minha história. Veja bem, não é uma história como as outras que contei, ou melhor, como as que Teddy Biffles, o sr. Coombes e meu tio contaram; é uma história real. Não é uma história contada por alguém sentado ao redor de uma fogueira na

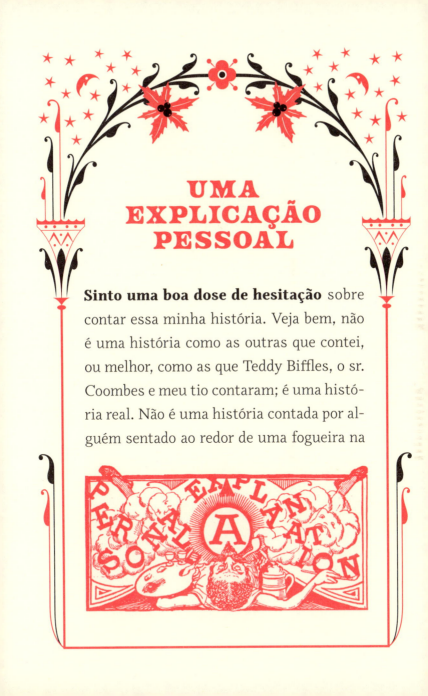

véspera de Natal, tomando ponche de uísque; é um registro de eventos que realmente aconteceram.

Na verdade, não é uma "história" de jeito nenhum, no sentido comumente aceito da palavra: é um registro. Sinto que é quase deslocada em um livro como este. É mais adequada a uma biografia ou à história inglesa.

Há outra coisa que torna difícil para mim contar a história: ela é toda sobre mim. Ao lhe contar essa história, vou falar muito sobre mim; e falar sobre nós mesmos é algo que nós, autores contemporâneos, temos forte objeção a fazer. Se nós, literatos da nova escola, temos um anseio digno de louvor, mais presente em nossa mente do que qualquer outro, é o anseio de nunca parecermos nem um pouco egocêntricos.

Eu mesmo, assim me dizem, tenho essa modéstia — essa reticência diminuta em relação a qualquer coisa que diz respeito à

Uma explicação pessoal **97**

minha personalidade, quase intensa demais; e as pessoas reclamam disso. Elas vêm até mim e dizem: "Bem, por que você não fala um pouco de si? É isso que queremos ler. Conte-nos algo sobre si".

Mas eu sempre neguei. Não é porque acho que o assunto seja desinteressante. Não consigo pensar em outro assunto mais provável de se mostrar fascinante para o mundo no geral ou, pelo menos, para as partes cultas dele. Mas não o farei por princípio. Não tem valor artístico e dá um mau

exemplo para os mais jovens. Outros escritores (poucos) o fazem, eu sei; mas não o farei — não como regra.

Portanto, sob circunstâncias normais, não devo nem contar esta história. Eu deveria dizer para mim mesmo: "Não! É uma boa história, é uma história com moral, é um tipo estranho, esquisito e cativante de história; e o público, eu sei, gostaria de ouvi-la; e vou gostar de contá-la; mas é toda sobre mim — sobre o que eu disse, o que vi e o que fiz, e não posso fazer isso. Minha natureza reservada e altruísta não me permitirá falar assim sobre mim mesmo".

Mas as circunstâncias relativas a essa história não são comuns, e há razões me incentivando, apesar da modéstia, a aceitar de bom grado a oportunidade de contá-la.

Como falei no começo, coisas desagradáveis aconteceram na nossa família por causa dessa festa e, em relação especificamente

Uma explicação pessoal

a mim e minha participação nos eventos que estou prestes a contar, uma grave injustiça foi cometida.

Como forma de levar meu caráter à luz certa — de dissipar as nuvens da calúnia e do equívoco que o turvaram, sinto que a melhor estratégia é fazer uma narrativa simples e digna dos fatos e permitir que os que não têm preconceito a julguem por si mesmos. Meu principal objetivo, como confesso com candura, é me livrar da injusta difamação. Estimulado por esse objetivo — e acho um motivo certo e honrado —, acredito que sou capaz de superar minha usual repugnância de falar de mim e, portanto, posso contar...

MINHA PRÓPRIA HISTÓRIA

Assim que meu tio terminou a história dele, como já contei, eu me levantei e disse que *eu* dormiria na Câmara Azul naquela noite.

— Nunca! — gritou meu tio, levantando-se com um salto. — Você não pode se colocar nesse perigo mortal. Além disso, a cama não está feita.

— Esqueça a cama — respondi. — Já morei em apartamentos mobiliados para cavalheiros e estou acostumado a dormir em camas que nunca foram arrumadas ao longo de um ano inteiro. Não tente me demover dessa decisão. Sou jovem, e minha consciência está limpa há mais de um mês. Os espíritos não vão me fazer mal. Posso até fazer um pouco de bem para eles e induzi-los a ficarem quietos e irem embora. Além disso, eu gostaria de ver o espetáculo.

Ao dizer isso, tornei a me sentar. (Como o sr. Coombes foi parar na minha cadeira, em vez de do outro lado da sala, onde estivera por toda a noite; e por que não se desculpou quando me sentei bem em cima dele; e por que o jovem Biffles tentou se impor sobre mim assim como meu tio John, e me induziu, sob aquela impressão errônea, a apertar sua mão por quase três minutos e dizer que sempre o considerei um pai são questões que, até hoje, não consigo entender.)

Eles tentaram me dissuadir do que chamaram de aventura tola, mas permaneci firme e exigi meu privilégio. Eu era "o convidado". "O convidado" sempre dorme no quarto assombrado na véspera de Natal; é a regalia dele.

Eles disseram que, se eu queria encarar dessa forma, não tinham como argumentar, é claro; e acenderam uma vela para mim, acompanhando-me em grupo até o andar de cima.

Quer elevado pela sensação de estar realizando um ato nobre ou animado por uma mera consciência geral de retidão, não cabe a mim dizer, mas fui para o andar de cima naquela noite com um otimismo notável. Consegui parar no patamar quando cheguei a ele; me sentia como se quisesse subir até o telhado. Mas, com a ajuda dos corrimões, restringi minha ambição, desejei a eles um boa-noite, entrei e fechei a porta.

As coisas começaram a dar errado logo no início. A vela caiu do castiçal antes que minha mão soltasse a maçaneta. Ela caiu várias vezes, e toda vez que eu a pegava, caía de novo: nunca vi uma vela tão escorregadia. Por fim, desisti de usar o castiçal e carreguei a vela na mão; e, mesmo assim, ela não ficava em pé. Eu me irritei e a atirei pela janela, me despi e fui me deitar no escuro.

Não fui dormir — não estava com o menor sono —: fiquei deitado de costas, olhando para o teto e pensando em coisas. Gostaria de poder me lembrar de alguma das ideias que me vieram enquanto estava deitado ali, porque eram muito divertidas. Ri sozinho até que a cama balançou.

Eu estava deitado assim por mais ou menos meia hora e tinha me esquecido dos fantasmas, quando, ao passar os olhos casualmente pelo quarto, percebi pela primeira vez um fantasma que parecia contente, sentado na poltrona perto do fogo, fumando o fantasma de um longo cachimbo de argila.

Naquele momento, pensei, como a maioria das pessoas em situação similar pensariam, que devia estar sonhando. Eu me sentei e esfreguei os olhos.

Não! Claramente era um fantasma. Eu conseguia ver as costas da cadeira através do corpo. Ele olhou na minha direção, tirou o cachimbo fantasmagórico da boca e fez um sinal com a cabeça.

A parte mais surpreendente da coisa toda foi que não me senti nem um pouco alarmado. Na verdade, eu estava bem satisfeito por vê-lo. Era uma companhia.

— Boa noite — falei. — Foi um dia frio!

Ele disse que não tinha percebido, mas ousava dizer que eu estava certo.

Ficamos em silêncio por alguns segundos e, tentando falar de maneira agradável, eu disse:

— Acredito ter a honra de estar falando com o fantasma do cavalheiro que teve o acidente com o cantor?

Ele sorriu e disse que era muita bondade eu me lembrar. Um cantor não era muita coisa para se orgulhar, mas, mesmo assim, todo pouquinho ajudava.

Fiquei um tanto estupefato com essa resposta. Eu esperava um gemido de remorso. Ao contrário, o fantasma parecia estar bem feliz com o caso. Pensei que, como ele tinha ouvido minha referência ao cantor com tanta calma, talvez não ficasse ofendido se eu perguntasse sobre o organista. Fiquei curioso em relação àquele pobre garoto.

— É verdade que você deu uma mãozinha na morte do camponês italiano que veio para a cidade uma vez com um realejo que não tocava nada além de canções escocesas?

Ele ficou muito inflamado.

— Dei uma mãozinha! — exclamou indignado. — Quem ousa fingir que me ajudou? Fui eu que assassinei o jovem. Ninguém me ajudou. Fiz sozinho. Mostre-me o homem que diz que eu não o fiz.

Eu o acalmei. Garanti que nunca, em plenas faculdades mentais, duvidei que ele fosse o real e único assassino e perguntei o que ele fizera com o corpo do corneteiro que matara.

— De qual você está falando? — perguntou ele.

— Ah, foi mais de um?

Ele sorriu e deu uma tossidinha. Disse que não gostava de se gabar, mas que, contando os tocadores de trombone, eram sete.

— Meu Deus! — respondi.

— Você devia estar bem ocupado, de um jeito ou de outro.

Ele disse que não deveria ser a pessoa a contar, mas, na realidade, falando da sociedade de classe média comum, pensava haver poucos fantasmas que pudessem ter tido uma vida com mais utilidade.

Ele ficou tragando em silêncio por alguns segundos, enquanto eu o observava. Eu nunca tinha visto um fantasma fumando um cachimbo, não que eu conseguisse me lembrar, e aquilo me interessou.

Perguntei que tabaco ele usava.

— O fantasma do corte Cavendish, por via de regra.

Ele explicou que o fantasma de todo o tabaco que um homem fumara em vida se tornava dele em morte. Disse que ele mesmo fumara muito do corte Cavendish quando vivo, então tinha um bom suprimento dele, agora que era fantasma.

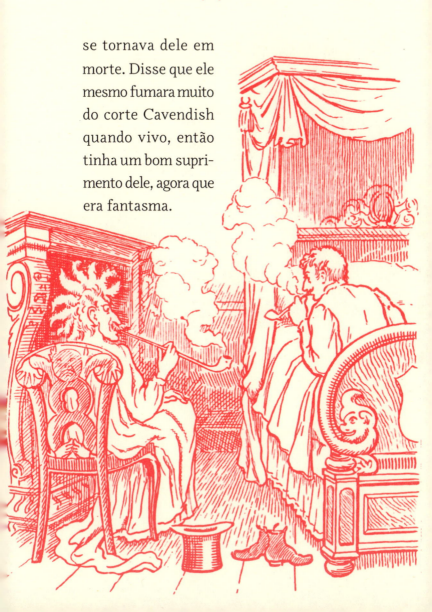

Observei que era útil saber disso e me decidi a fumar todo o tabaco que pudesse antes de morrer.

Pensei que era melhor começar de uma vez, então falei que me juntaria a ele no cachimbo, e ele disse: "Faça isso, companheiro". Em seguida, enfiei a mão no bolso do casaco para pegar a parafernália necessária e o acendi.

Ficamos muito íntimos depois disso, e ele me contou todos os crimes. Disse que fora vizinho de uma jovem que estava aprendendo a tocar violão, enquanto um cavalheiro que estudava contrabaixo morava em frente. E ele, com uma astúcia diabólica, apresentou os dois jovens desavisados um ao outro e os persuadiu a fugir juntos, contra a vontade dos pais, e levar seus instrumentos musicais; eles fizeram isso, e, antes que a lua de mel acabasse, *ela* quebrou a cabeça dele com o contrabaixo, e *ele* tentou enfiar o violino na garganta dela e a feriu pelo resto da vida.

Meu amigo disse que costumava atrair padeiros até a passagem e estufá-los com seus próprios pães até que explodissem e morressem. Disse que tinha matado dezoito dessa forma.

Jovens rapazes e moças que recitavam poemas longos e enfadonhos em festas noturnas, e jovens imaturos que vagavam pelas ruas tarde da noite, tocando concertinas, ele costumava juntar e envenenar em grupos de dez, para economizar; e oradores de parques e palestrantes austeros ele costumava trancar seis em uma sala pequena com um copo de água e uma caixa de coleta para cada um, deixando-os conversarem uns com os outros até a morte.

Ouvi-lo fazia bem.

Perguntei a que horas ele esperava que

os outros fantasmas chegassem — os fantasmas do cantor e do corneteiro e da banda alemã que tio John mencionara. Ele sorriu e disse que nunca mais viriam, nenhum deles.

— Por quê? — perguntei. — Não é verdade que eles o encontram aqui toda véspera de Natal?

Ele respondeu que *era* verdade. Toda véspera de Natal, por vinte e cinco anos, eles lutaram naquele cômodo; mas eles nunca mais o perturbariam ou a outra pessoa de novo. Tinha acabado com eles um a um, deixando-os arrasados, sem a menor condição de assombrar. Tinha destruído o fantasma do último componente da banda alemã naquela mesma noite, pouco antes de eu subir, e tinha jogado fora o que sobrara dele através da fresta dos caixilhos

Minha própria história

da janela. Disse que o outro nunca mais poderia ser chamado de fantasma.

— Suponho que você ainda virá, como de costume? — perguntei. — Eles ficariam tristes de perder você, tenho certeza.

— Ah, não sei — respondeu ele —, não há muito motivo para vir, agora. A não ser — adicionou com gentileza — que *você* vá estar aqui. Virei se você for dormir aqui na próxima véspera de Natal.

E continuou:

— Gostei de você, porque você não sai voando, guinchando quando vê um fantasma, e seu cabelo

não fica arrepiado. Você não faz ideia de como estou cansado do cabelo das pessoas se arrepiando.

Ele disse que isso o irritava.

Um barulho suave veio do jardim lá embaixo, e ele se assustou, ficando mortalmente preto.

— Você está doente — gritei, saltando em direção a ele —, me diga o que posso fazer por você. Devo tomar um pouco de brandy e lhe dar o fantasma dele?

Ele permaneceu em silêncio, ouvindo com atenção por um momento, depois suspirou de alívio, e a cor voltou à sua bochecha.

— Está tudo bem — murmurou ele. — Tive medo de ser o galo.

— Ah, está cedo demais para isso — falei. — Estamos no meio da noite.

— Ah, isso não faz nenhuma diferença para aqueles galos malditos — respondeu ele com amargura. — Eles cacarejam no meio da noite como em qualquer hora do dia. Até mais cedo, se pensarem que vão conseguir estragar a noite de alguém. Acho que fazem de propósito.

Ele disse que um amigo, o fantasma de um homem que matara um coletor de taxa de água, costumava assombrar uma casa em Long Acre, onde mantinham aves na adega, e toda vez que um policial passava e lançava seu olhar de touro pela grade, o galo velho achava que era o sol e começava a cacarejar como louco; nesse momento, é claro, o pobre fantasma tinha que se dissolver e, em consequência, às vezes voltar para casa cedo

Minha própria história

demais, por volta de uma da manhã, praguejando nervoso porque só tinha estado fora por uma hora.

Concordei que parecia muito injusto.

— Ah, é um arranjo muito absurdo — continuou ele, bem irritado. — Não consigo imaginar o que nosso velho estava pensando quando fez o galo. Como eu disse a ele, várias vezes, "Tenha um horário fixo, e deixe que todos se acostumem a ele, digamos, às quatro em ponto no verão e às seis no inverno. Assim as pessoas saberiam do que se trata".

— Como você faz quando não há nenhum galo por perto? — perguntei.

Ele estava prestes a responder quando se assustou de novo e ficou escutando. Desta vez, ouvi perfeitamente o galo do sr. Bowles, o vizinho, cacarejar duas vezes.

— Aí está — disse ele, levantando-se e apanhando o chapéu —, esse é o tipo de coisa que tenho que aguentar. Que horas *são*?

Olhei para o meu relógio e vi que eram três e meia.

— Foi o que pensei — murmurou ele. — Se eu pegar essa ave abençoada, vou torcer o pescoço dela. — E se preparou para ir.

— Se puder esperar trinta segundos — falei, saindo da cama —, posso acompanhá-lo por uma parte do caminho.

— É muita gentileza — disse ele, fazendo uma pausa —, mas parece pouco gentil arrastá-lo para fora.

— De jeito nenhum — respondi. — Vou gostar da caminhada.

Eu me vesti parcialmente e peguei o guarda-chuva. Ele passou o braço pelo meu e saímos juntos.

Perto do portão, encontramos Jones, um dos policiais locais.

— Boa noite, Jones — falei. (Eu sempre me sinto muito afável na época natalina.)

— Boa noite, senhor — respondeu o homem um pouco rispidamente, pensei. — Posso perguntar o que está fazendo aqui fora?

— Ah, está tudo bem — respondi, gesticulando com o guarda-chuva. — Só estou levando meu amigo até a metade do caminho de casa.

— Que amigo?

— Ah, sim, claro. — Eu ri. — Eu me esqueci. Ele é invisível para você. É o fantasma do cavalheiro que matou o cantor. Vou só até a esquina com ele.

— Ah, acho que eu não faria isso se estivesse em seu lugar, senhor — disse Jones de um jeito severo. — Se quiser meu conselho, diga adeus ao seu amigo e volte para dentro. Talvez o senhor não saiba que está andando por aí só com uma camisa de pijama, um par de botas e uma cartola. Onde está sua calça?

Não gostei nem um pouco da atitude dele.

— Jones! — exclamei. — Não quero ter que reportá-lo, mas parece que você andou bebendo. Minha calça está onde a calça de um homem deve estar: nas pernas. Eu me lembro perfeitamente de vesti-la.

— Bem, você não as está usando agora — retrucou ele.

— Como é? Estou lhe dizendo que estou usando; acho eu que saberia.

— Também acho que você saberia — disse ele —, mas evidentemente não sabe. Agora, entre comigo e vamos acabar com isso.

A essa altura, o tio John apareceu na porta, acordado, suponho, pela discussão; e,

Minha própria história

no mesmo momento, tia Maria apareceu na janela usando uma touca de dormir.

Expliquei o erro do policial, tratando a questão com toda a leveza que pude para não encrencar o homem, e me virei em busca de confirmar com o fantasma.

Ele sumira! Tinha me deixado sem uma palavra — sem sequer se despedir!

Ele ter ido embora daquele jeito me pareceu tão indelicado que comecei a chorar. Tio John saiu e me conduziu de volta a casa.

Ao chegar ao meu quarto, descobri que Jones estava certo. No fim das contas, eu não tinha vestido a calça. Ainda estava pendurada na grade da cama. Suponho que, na ansiedade de não deixar o fantasma esperando, devo ter me esquecido dela.

Esses são os fatos do caso, que a mente sã e caridosa pode achar impossível alguém ter criado calúnias a respeito.

Mas criaram.

Pessoas — eu digo "pessoas" — confessaram ser incapazes de entender as circunstâncias simples aqui narradas, exceto à luz de explicações que são errôneas e ofensivas. Aqueles que são sangue do meu sangue espalharam calúnias e difamações sobre mim.

Mas não guardo rancor. Apenas, como disse, faço esta declaração com o propósito de livrar meu caráter de suspeitas injuriosas.

BIOGRAFIA DO AUTOR

JEROME K. JEROME
(1859-1927)

O processo de alfabetização da classe trabalhadora durante e após a Revolução Industrial fez com que a Inglaterra vitoriana vivenciasse um aumento na demanda por entretenimento de baixo custo por parte das massas. Entre as diversas formas de entretenimento, estavam os periódicos literários, que abriram portas para que novos autores encontrassem o público certo.

Os periódicos publicavam histórias de forma seriada e o enredo era apresentado aos leitores em fascículos, com publicações semanais ou mensais. A literatura seriada, vendida em capítulos com preços populares, permitiu que os leitores da classe média tivessem acesso a romances que teriam alto custo caso fossem adquiridos em uma única edição.

Essas publicações foram responsáveis por entregar histórias que correspondessem aos interesses da população da época, e apresentaram grandes autores como Jerome Klapka Jerome. Nascido em meados da era vitoriana, o escritor foi um retrato de seu tempo.

Mais conhecido como Jerome K. Jerome, o autor teve que lidar com a pobreza e condições financeiras instáveis enquanto crescia. Nasceu na Inglaterra em 1859 e, como grande parte da classe trabalhadora da época, foi obrigado a deixar a escola aos 14 anos para trabalhar, após a morte do pai. Sua mãe faleceu pouco tempo depois, deixando um jovem Jerome órfão.

Ele começou trabalhando em estradas de ferro e logo se interessou pelo teatro, ocupando-se como ator em um grupo de teatro amador antes de se juntar a uma trupe que viajaria pela Europa, mesmo com poucos recursos. Ao retornar para Londres, com pouco mais de vinte anos, conseguiu um emprego como jornalista e repórter local. Depois disso, Jerome ainda viria a realizar diversos ofícios até que voltasse a trabalhar com a escrita, como escrivão de um advogado.

Mesmo em contato com o Direito, Jerome começou a se envolver com a literatura, escrevendo contos, ensaios e sátiras, que enviou para alguns dos periódicos da época. Seus primeiros trabalhos foram colaborações para jornais locais e o autor precisou lidar com diversos textos recusados.

Sua experiência como ator inspirou seu primeiro romance, *On the Stage—and off*, de 1885, que fala sobre sua breve carreira no teatro. Entretanto, suas obras seguintes alavancaram sua carreira como escritor. *Idle Thoughts of an Idle Fellow*, uma coletânea de ensaios cômicos, publicada em 1886, atraiu os olhares do público para Jerome pela primeira vez e o estabeleceu como um humorista. Entretanto, pouco tempo depois, em 1888, viajou com a esposa para sua lua de mel e o passeio, assim como o convívio com dois amigos, inspirou a história que alavancaria sua carreira: *Three Men in a Boat*.

Jerome teve alguns de seus primeiros e mais aclamados trabalhos publicados na *Home Chimes*, revista literária da época, incluindo *Three Men in a Boat*, uma cômica narrativa de viagem de barco entre dois amigos subindo o rio Tâmisa e que o tornou um autor de sucesso. Desde que foi lançado como um livro, em 1889, nunca mais saiu de circulação e é considerado uma referência na literatura inglesa.

O sucesso da obra garantiu uma carreira para Jerome, que passou a se dedicar integralmente à escrita. Ele também trabalharia com periódicos, incluindo um tempo como colaborador e coeditor da revista *The Idler* e como fundador do *To-Day*, um jornal semanal no qual se manteve como editor até 1898.

Suas viagens continuariam servindo de inspiração para algumas de suas obras, como *Three Men on the Bummel*, escrita depois de um período em estadia na Alemanha e sequência do sucesso *Three Men in a Boat*. Entretanto, suas obras, refletindo o tempo em que vivia, sentiriam os impactos da Primeira Guerra Mundial.

Jerome K. Jerome viveu sua vida adulta durante a Belle Époque[1]. Conhecido por sua escrita cômica e satírica, Jerome refletia, em suas obras, o otimismo e humor da época. Entretanto, a eclosão da Primeira Guerra Mundial e o tempo em que viveu em campo, deixaria uma marca inegável no escritor. Com quase 60 anos, Jerome insistiu em se alistar. Tendo sido recusado pelos britânicos por causa de sua idade avançada, se juntou ao exército francês, dirigindo ambulâncias nos *fronts* de batalha.

---

[1] Um período de cultura cosmopolita na história da Europa, que começou no fim do século XIX, com o final da Guerra Franco-Prussiana, em 1871, e durou até à eclosão da Primeira Guerra Mundial, em 1914. A expressão também designa um clima intelectual e artístico. Estes períodos de atmosfera otimista na história desses países costumam ocorrer após épocas difíceis, como guerras, recuperação de desastres naturais ou pandemias. [N.E.]

O romance *All Roads Lead to Calvary*, publicado em 1919, mostra a influência dos tempos de guerra em sua produção literária. Indo na contramão de autores contemporâneos que escreviam sobre o período com pompa e circunstância, Jerome transparecia as sequelas deixadas pela guerra. Foi também um dos últimos trabalhos publicados pelo autor.

Em 1927, depois de um passeio com a esposa em Devon, condado no sudoeste da Inglaterra, ele sofreu um derrame a caminho de Londres. Após uma hemorragia cerebral que o deixou paralisado por duas semanas, Jerome K. Jerome morreu em 14 de junho, deixando seu legado como humorista, escritor e autor de peças de teatro.

Em 1989, Jerome recebeu a *Blue Plaque*, uma honraria dedicada a figuras importantes para a história britânica. Sua placa foi colocada no número 91 da rua Chelsea

Bridge Road, em Londres, local onde morava quando escreveu *Three Men in a Boat*, livro que o imortalizou.

    Jerome K. Jerome escreveu diversos romances, peças e contos ao longo da vida, incluindo histórias voltadas para o sobrenatural como *Told After Supper* (*Terror Depois da Ceia*), o humor sombrio e natalino publicado originalmente em 1891.

BIOGRAFIA DO ILUSTRADOR

KENNETH M. SKEAPING
(1857-1946)

Em meados do século XIX, as revistas de entretenimento faziam sucesso por publicar obras inéditas. Algumas dessas obras se tornariam clássicos, como as escritas por Arthur Conan Doyle, Edith Nesbit, Charles Dickens, Jerome K. Jerome e outros autores vitorianos. Uma das características

que fizeram esses periódicos tão populares foram as ilustrações que acompanhavam as histórias.

Conhecidas como "periódicos ilustrados", essas revistas não apenas ajudaram com que autores fossem imortalizados na literatura, mas também alavancaram a carreira de diversos outros artistas, como os ilustradores. A combinação entre conteúdos relevantes e ilustrações impactantes fez com que essas revistas encontrassem públicos dos mais diversos nichos e se tornassem um fenômeno editorial.

Não se sabe ao certo sobre o início ou extensão do trabalho de Kenneth M. Skeaping nas ilustrações das revistas da época, mas acredita-se que ele tenha colaborado com publicações como *Tit-Bits*[2] e, posteriormente, seus trabalhos também viriam a ilustrar as páginas de livros.

Skeaping foi um pintor, ilustrador e litógrafo[3] inglês. Nasceu em Liverpool, em 1857, sendo o segundo de nove filhos. Começou a

---

[2] Revista semanal fundada por um dos primeiros jornalistas populares, George Newnes, em 1881. Foi uma publicação que, além de fornecer informações de leitura rápida e simples, também divulgou trabalhos de grandes autores como Isaac Asimov e Virginia Woolf. [N.E.]

[3] A litografia foi descoberta e amplamente utilizada como um jeito mais econômico de impressão. Foi usada nos primórdios da imprensa, para a impressão de documentos, jornais, cartazes e outros tipos de impressão, incluindo ilustrações. É um tipo de gravura que envolve a criação de marcas (ou desenhos) sobre uma matriz com um lápis gorduroso. A base dessa técnica é o princípio da repulsão entre água e óleo. Ao contrário das outras técnicas da gravura, a litografia é planográfica, ou seja, o desenho é feito através do acúmulo de gordura sobre a superfície da matriz, e não através de fendas e sulcos na matriz, como na xilogravura e na gravura em metal. [N.P e E.]

 trabalhar com sua mãe, ajudando-a a produzir perucas, antes de começar seu ofício como litógrafo, em 1881.

A arte corria no sangue da família. Alguns de seus irmãos também seguiram carreiras artísticas em áreas como pintura, litografia e artes plásticas. Kenneth, por sua vez, teve quatro filhos, três dos quais chegaram à vida adulta e, assim como grande parte de sua família, se tornaram artistas. O primogênito se tornou músico, o outro, um renomado escultor, e sua filha ficou conhecida como dançarina de *ballet* e produtora.

Como pintor, Kenneth M. Skeaping retratou figuras como Lord Byron e algumas de suas obras foram exibidas em galerias na Inglaterra. Suas ilustrações acompanharam histórias de autores como Harry A. James, Ellinor Davenport Adams e Jerome K. Jerome.

AUTORIA DAS BIOGRAFIAS

Laura Brand é editora e coordenadora editorial, jornalista e produtora de conteúdo. Graduada em Comunicação Social pela PUC-Minas, especializou-se no trabalho com livros em algumas instituições, dentre elas a *Columbia Journalism School* com o *Columbia Publishing Course*, em Oxford. É completamente apaixonada por livros e acredita que cada página guarda uma história incrível que merece ser contada.

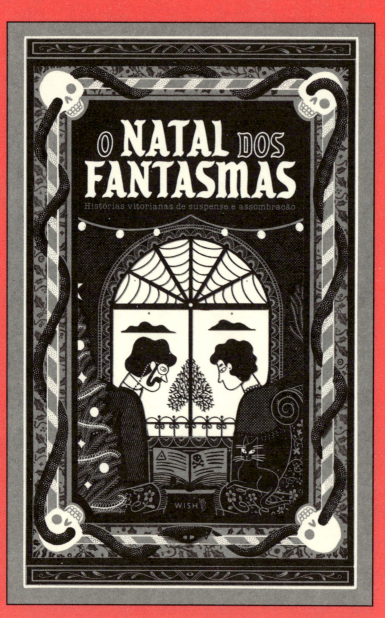

CONHEÇA TAMBÉM...

O NATAL DOS FANTASMAS

Algo assombra os antigos Natais

Em uma seleção especial com doze histórias de grandes mestres do suspense e fantasia, incluindo contos inéditos no Brasil, acompanhe fantasmas, moradores de mansões inadvertidos, antiquários recheados de vultos, festas de Natal com visitantes espectrais e outros enredos assombrados.

Autores: Charles Dickens, Robert Louis Stevenson, Elizabeth Gaskell, Marjorie Bowen, Algernon Blackwood, J. M. Barrie & mais...

Editora Wish
ISBN 978-65-88218-57-0
Capa Dura, 288 páginas, Suspense

Este livro foi impresso em
papel Pólen Bold 90g/m² na
fonte Odile Book 11.5pt.

Redes Sociais: @editorawish
editorawish.com.br

Este livro foi impresso na Viena Gráfica com tinta a base de soja e em papel
de origem responsável. Isso significa que escolhemos uma gráfica que
cumpre com as normas ISO 9001 e ISO 14001, garantindo excelência em
qualidade e gestão ambiental durante todo o processo de produção e
distribuição, com destinação final de maneira limpa, segura e sustentável.

Todo o papel empregado nesta obra
possui certificação FSC
sob responsabilidade do fabricante
obtido através de fontes responsáveis.
FSC na origem C010014
* marca registrada de Forest Stewardship Council®